多多 著

译林出版社

目 录

1970年代

当人民从干酪上站起

歌声，省略了革命的血腥
八月像一张残忍的弓
恶毒的儿子走出农舍
携带着烟草和干燥的喉咙
牲口被蒙上了野蛮的眼罩
屁股上挂着发黑的尸体像肿大的鼓
直到篱笆后面的牺牲也渐渐模糊
远远地，又开来冒烟的队伍……

1972

少女波尔卡

同样的骄傲，同样的捉弄
这些自由的少女
这些将要长成皇后的少女
会为了爱情，到天涯海角
会跟随坏人，永不变心

1973

女人

1

披着露水，站在早晨
她守望着葡萄园
像贵妇人一样检阅花草
带着被破坏的美，带着动人的悲哀
她，在向它们微笑……

2

像主人一样酣畅地苏醒
眼前，是夕阳斑斓的四壁
围着彩条浴巾，举起一只白白的手臂
是你，在梳理——

1973

青春

虚无，从接过吻的唇上
溜出来了，带有一股
不曾觉察的清醒：

在我疯狂地追逐女人的那条街上
今天，戴着白手套的工人
正在镇静地喷射杀虫剂……

1973

夜

在充满象征的夜里
月亮像病人苍白的脸
像一个错误的移动的时间
而死，像一个医生站在床前：

一些无情的感情
一些心中可怕的变动
月光在屋前的空场上轻声咳嗽
月光，暗示着楚楚在目的流放……

1973

入冬的光芒

朝泼血的墓碑倾斜
穿过东方的梦魇
太阳，在黄昏实心的袍子里
减弱它的威力
孩子，搂住火炉吞下寒冷
冬天，四个季节中的长者
抬举着自己的尸体游行……

1973

年代

沉闷的年代苏醒了
炮声微微地撼动大地
战争，在倔强地开垦
牲畜被征用，农民在田野上归来
抬着血淋淋的犁……

1973

海

海，向傍晚退去
带走了历史，也带走了哀怨
海，沉默着
不愿再宽恕人们，也不愿
再听到人们的赞美

1973

能够

能够有大口喝醉烧酒的日子
能够壮烈、酩酊
能够在中午
在钟表滴答的窗幔后面
想一些琐碎的心事
能够认真地久久地难为情

能够一个人散步
坐到漆绿的椅子上
合一会儿眼睛
能够舒舒服服地叹息
回忆并不愉快的往事
忘记烟灰
弹落在什么地方

能够在生病的日子里

发脾气，做出不体面的事
能够沿着走惯的路
一路走回家去
能够有一个人亲你
擦洗你，还有精致的谎话
在等你，能够这样活着

可有多好，随时随地
手能够折下鲜花
嘴唇能够够到嘴唇
没有风暴也没有革命
灌溉大地的是人民捐献的酒
能够这样活着
可有多好，要多好就有多好！

1975

致情敌

在自由的十字架上射死父亲
你怯懦的手第一次写下：叛逆
当你又从末日向春天走来
复活的路上横着你用旧的尸体

怀着血不会在荣誉上凝固的激动
我伏在巨人的铜像上昏昏睡去
梦见在真理的冬天：
有我，默默赶开墓地上空的乌鸦……

1973

致太阳

给我们家庭，给我们格言
你让所有的孩子骑上父亲肩膀
给我们光明，给我们羞愧
你让狗跟在诗人后面流浪

给我们时间，让我们劳动
你在黑夜中长睡，枕着我们的希望
给我们洗礼，让我们信仰
我们在你的祝福下，出生然后死亡

查看和平的梦境、笑脸
你是上帝的大臣
没收人间的贪婪、嫉妒
你是灵魂的君王

热爱名誉，你鼓励我们勇敢

抚摸每个人的头，你尊重平凡
你创造，从东方升起
你不自由，像一枚四海通用的钱！

1973

手艺
——和玛琳娜·茨维塔耶娃

我写青春沦落的诗
（写不贞的诗）
写在窄长的房间中
被诗人奸污
被咖啡馆辞退街头的诗
我那冷漠的
再无怨恨的诗
（本身就是一个故事）
我那没有人读的诗
正如一个故事的历史
我那失去骄傲
失去爱情的
（我那贵族的诗）
她，终会被农民娶走
她，就是我荒废的时日……

1973

美学笔记

故宫两百年前的鼓声
已经趋于寂静，历史晚期的脚步声
仍在里面不祥地回荡
循着千万条不可揣测的思路
一脉灵魂的回潮
穿过梦的古老房间
朝东方的夜奔涌……

被我瞥见的神武门
重又关闭，观念
已倦于远行，只有我依靠过的树
继续隐藏于黑暗里
像一只只栖睡的大鸟
只是微微摇动它们的羽毛……

1976

黄昏

1

寂寞潜潜地苏醒
细节也在悄悄进行
诗人抽搐着，产下
甲虫般无人知晓的感觉
——在照例被佣人破坏的黄昏……

2

当勇于冒险的情夫
用锥形的屁股
试探性地升起
好像城市也受到启发
要猛然抖动挂锁，威胁
驰向黑夜的女人……

1973

乌鸦

像火葬场上空
慢慢飘散的灰烬
它们，黑色的殡葬的天使
在死亡降临人间的时候
好像一群逃离黄昏的
音乐标点……

目送它们的
是一个哑默的
剧场一样的天空
好像无数沉寂的往事
在悲观的沉浸中
继续消极地感叹……

1974

夏

花仍在虚假地开放
凶恶的树仍在不停地摇曳
不停地坠落它们不幸的儿女
太阳已像拳师一样逾墙而走
留下少年，面对着忧郁的向日葵……

1975

秋

失落的石阶上的
只有枫叶、纸牌
留在记忆中的
也只有无情的雨声
那间歇的雨声一再传来
像在提醒过去
像在悼词中停顿一下
又继续进行……

1975

1980年代

妄想是真实的主人

而我们，是嘴唇贴着嘴唇的鸟儿
在时间的故事中
与人
进行最后一次划分：

钥匙在耳朵里扭了一下
影子已脱离我们
钥匙不停地扭下去
鸟儿已降低为人
鸟儿一无相识的人。

1982

无题

散发着胡椒香气的夜
巴黎的忧郁

从一只黑色的口腔升起
法兰西古老的欲望

像一只骇人的犁
月亮的一角

也翘起来了
好像在汤里

两只假奶
勒紧了巴黎的心

每一粒星星

是一个回城的儿童

“法兰西万岁！”
就像一阵枪声……

1983

告别

长久地搂抱着白桦树
就像搂抱着我自己：
满山的红辣椒都在激动我
满手的石子洒向大地
满树，都是我的回忆……

秋天是一架最悲凉的琴
往事，在用力地弹着：
田野收割了
无家可归的田野啊
如果你要哭泣，不要错过这大好时机！

1982

从死亡的方向看

从死亡的方向看总会看到
一生不应见到的人
总会随便地埋到一个地点
随便嗅嗅，就把自己埋在那里
埋在让他们恨的地点
他们把铲中的土倒在你脸上
要谢谢他们。再谢一次
你的眼睛就再也看不到敌人
就会从死亡的方向传来
他们陷入敌意时的叫喊
你却再也听不见
那完全是痛苦的叫喊！

1983

马

灰暗的云朵好像送葬的人群
牧场背后一齐抬起了悲哀的牛头

孤寂的星星全都搂在一起
好像暴风雪

骤然出现在祖母可怕的脸上
噢，小白老鼠玩耍自己双脚的那会儿

黑暗原野上咳血疾驰的野王子
旧世界的最后一名骑士

——马
一匹无头的马，在奔驰……

1985

里程

一条大路吸引令你头晕的最初的方向
那是你的起点。云朵包住你的头
准备给你一个工作
那是你的起点
那是你的起点
当监狱把它的性格塞进一座城市
砖石在街心把你搂紧
每年的大雪是你的旧上衣
天空，却总是一所蓝色的大学

天空，那样惨白的天空
刚刚被拧过脸的天空
同意你笑，你的胡子
在匆忙地吃饭
当你追赶穿越时间的大树
金色的过水的耗子，把你梦见：

你是强大的风暴中一粒卷曲的蚕豆
你是一把椅子，属于大海
要你在人类的海边，从头读书

寻找自己，在认识自己的旅程中
北方的大雪，就是你的道路
肩膀上的肉，就是你的粮食
头也不回的旅行者啊
你所蔑视的一切，都是不会消逝的

1985

关怀

早晨，一阵鸟儿肚子里的说话声
把母亲惊醒。醒前（一只血枕头上
画着田野怎样入睡）
鸟儿，树杈翘起的一根小姆指
鸟儿的头，一把金光闪闪的小凿子
嘴，一道铲形的光
翻动着藏于地层中的蛹：
“来，让我们一同种植
世界的关怀！”

鸟儿用童声歌唱着
用顽固的头研究一粒果核
（里面包着永恒的饥饿）
这张十六岁的鸟儿脸上
两只恐怖的黑眼圈

是一只倒置的望远镜
从中射来粒粒粗笨的猎人
——一群摇摇晃晃的大学生
背包上写着：永恒的寂寞。

从指缝中察看世界，母亲
就在这时把头发锁入柜中
一道难看的闪电扭歪了她的脸
（类似年轮在树木体内沉思的图景）
大雪，摇着千万只白手
正在降下，雪道上
两行歪歪斜斜的足迹
一个矮子像一件黑大衣
正把肮脏的田野走得心烦意乱……

于是，猛地，从核桃的地层中
从一片麦地
我认出了自己的内心：
一阵血液的愚蠢的激流
一阵牛奶似的抚摸

我喝下了这个早晨
我，在这个早晨来临。

1986

字

它们自主的
互相爬到一起
对抗自身的意义
读它们它们就厮杀
每天早晨我生这些东西的气
我恨这已经写就的
简直就是他写的

我做过的梦
是从他脑袋里漏走的煤气
一种镇静，拔掉了
最后一颗好牙后的镇静
在他脸上颤抖
像个忘记输血的病人
他冲出门去
他早就瞧不起自己

1986

中选

一定是早晨。镜中一无所有，你回身
旅馆单间的钥匙孔变为一只男人的假眼
你发出第一声叫喊

大海，就在那时钻入一只海蛎
于是，突然地，你发现，已置身于
一个被时间砸开的故事中

孤独地而又并非独自地
用无知的信念喂养
一个男孩儿

在你肚子中的重量
呼吸，被切成了块儿
变成严格的定量

一些星星抱着尖锐的石头
开始用力舞蹈
它们酷似那男人的脸

而他要把它们翻译成自己未来的形象
于是，你再次发出一声叫喊
喊声引来了医生

耳朵上缠着白纱布
肩膀上挎着修剪婴儿睫毛的药械箱
埋伏在路旁的树木

也一同站起
最后的喊声是：
“母亲青春的罪！”

1987

授

威士忌在昏暗的脑袋里酗酒，帮我
挖开了我的睡眠：
置身一场盲人梦到的大雪
父亲，我梦到了梦的源头

梦，是一个农夫站定
金属的马粪堆成了道路
多余的黑云从头发间长出
用灌了铅的脚踩着，踩着脚底的重量
——里程，被勒紧了
我，被牵着，向
桦树皮保留的一个完整的人形扑去
父亲，另一个人生在开始

父亲，那是同一个人生
靠手在墙上的涂抹前进

死人的脚，在空气中走上走下
脚印被砌进墙里
先从男人开始，奶水
就是呜咽的开始
父亲，我听到他们没羞的哭声

就来自云的人形大悲悼。哭声是：
“在你的遗忘中，我们已经有了年龄。”

树木倦于悲悼，死人
把它们围在当中，死人的命令是：
“继续悲悼。”

1987

1988年2月11日
——纪念普拉斯

1

这住在狐皮大衣里的女人
是一块夹满发夹的云

她沉重的臀部，让以后的天空
有了被坐弯的屋顶的形状

一个没有了她的世界存有两个孩子
脖子上坠着奶瓶

已被绑上马背。他们的父亲
正向马腹狠踢临别的一脚；

“你哭，你喊，你止不住，你
就得用药！”

2

用逃离眼窝的瞳仁追问：“那列
装满被颠昏的苹果的火车，可是出了轨？”

黑树林毫无表情，代替风
阴沉的理性从中穿行

“用外省的口音招呼它们
它们就点头？”天空的脸色

一种被辱骂后的痕迹
像希望一样

静止。“而我要吃带尖儿的东西！”
面对着火光着身子独坐的背影

一阵解毒似的圆号声——永不腐烂的神经
把她的理解啐向空中……

1988

通往父亲的路

坐弯了十二个季节的椅背，一路
打肿我的手察看麦田
冬天的笔迹，从毁灭中长出：

有人在天上喊："买下云
投在田埂上的全部阴影！"
严厉的声音，母亲

的母亲，从遗嘱中走出
披着大雪
用一个气候扣压住小屋

屋内，就是那块著名的田野：
长有金色睫毛的倒刺，一个男孩跪着
挖我爱人："再也不准你死去！"

我，就跪在男孩身后
挖我母亲：“决不是因为不再爱！”
我的身后跪着我的祖先

与将被做成椅子的幼树一道
升向冷酷的太空
拔草。我们身后
跪着一个阴沉的星球
穿着铁鞋寻找出生的迹象
然后接着挖——通往父亲的路……

1988

阿姆斯特丹的河流

十一月入夜的城市
唯有阿姆斯特丹的河流

突然

我家树上的橘子
在秋风中晃动

我关上窗户，也没有用
河流倒流，也没有用
那镶满珍珠的太阳，升起来了

也没有用
鸽群像铁屑散落
没有男孩子的街道突然显得空阔

秋雨过后
那爬满蜗牛的屋顶
——我的祖国

从阿姆斯特丹的河上，缓缓驶过……

1989

居民

他们在天空深处喝啤酒时，我们才接吻
他们歌唱时，我们熄灯
我们入睡时，他们用镀银的脚指甲
走进我们的梦，我们等待梦醒时
他们早已组成了河流

在没有时间的睡眠里
他们刮脸，我们就听到提琴声
他们划桨，地球就停转
他们不划，他们不划

我们就没有醒来的可能

在没有睡眠的时间里
他们向我们招手，我们向孩子招手
孩子们向孩子们招手时

星星们从一所遥远的旅馆中醒来了

一切会痛苦的都醒来了

他们喝过的啤酒，早已流回大海
那些在海面上行走的孩子
全都受到他们的祝福：流动
流动，也只是河流的屈从

用偷偷流出的眼泪，我们组成了河流……

1989

在英格兰

当教堂的尖顶与城市的烟囱沉下地平线后
英格兰的天空，比情人的低语声还要阴暗
两个盲人手风琴演奏者，垂首走过

没有农夫，便不会有晚祷
没有墓碑，便不会有朗诵者
两行新栽的苹果树，刺痛我的心

是我的翅膀使我出名，是英格兰
使我到达我被失去的地点
记忆，但不再留下犁沟

耻辱，那是我的地址
整个英格兰，没有一个女人不会亲嘴
整个英格兰，容不下我的骄傲

从指甲缝中隐藏的泥土，我
认出我的祖国——母亲
已被打进一个小包裹，远远寄走……

1989—1990

看海

看过了冬天的海，血管中流的一定不再是血
所以做爱时一定要望着大海
一定地你们还在等待
等待海风再次朝向你们
那风一定从床上来

那记忆也是，一定是
死鱼眼中存留的大海的假象
渔夫一定是休假的工程师和牙医
六月地里的棉花一定是药棉
一定地你们还在田间寻找烦恼
你们经过的树木一定被撞出了大包
巨大的怨气一定使你们有与众不同的未来
因为你们太爱说一定
像印度女人一定要露出她们腰里的肉

距离你们合住的地方一定不远
距离唐人街也一定不远
一定会有一个月亮亮得像一口痰
一定会有人说那就是你们的健康
再不重要地或更加重要地，一定地
一定地它留在你们心里
就像英格兰脸上那块傲慢的炮弹皮

看海一定耗尽了你们的年华
眼中存留的星群一定变成了煤渣
大海的阴影一定从海底漏向另一个世界
在反正得有人死去的夜里有一个人一定得死
虽然戒指一定不愿长死在肉里
打了激素的马的屁股却一定要激动
所以整理一定就是乱翻
车链掉了车蹬就一定踏得飞快
春天的风一定像肾结石患者系过的绿腰带
出租汽车司机的脸一定像煮过的水果
你们回家时那把旧椅子一定年轻，一定地

1989—1990

1990年代

他们

手指插在裤袋里玩着零钱和生殖器
他们在玩成长的另一种方法

在脱衣舞女撅起的臀部间
有一个小小的教堂，用三条白马的腿走动起来了

他们用鼻孔把它看见
而他们的指甲将在五月的地里发芽

五月的黄土地是一堆堆平坦的炸药
死亡模拟它们，死亡的理由也是

在发情的铁器对土壤最后的刺激中
他们将成为被牺牲的田野的一部分

死人死前死去已久的寂静

使他们懂得的一切都不再改变

他们固执地这样想，他们做
他们捐出了童年

使死亡保持完整
他们套用了我们的经历。

1991

早晨

是早晨或是任何时间，是早晨
你梦到你醒了，你害怕醒来
所以你说：你害怕绳子，害怕脸
像鸟儿的女人，所以你梦到你父亲
说鸟儿语，喝鸟儿奶
你梦到你父亲是个独身者
在偶然中而不是在梦中
有了你，你梦到你父亲做过的梦
你梦到你父亲说：这是死人做过的梦

你不相信但你倾向于相信
这是梦，仅仅是梦，是你的梦：
曾经是某种自行车的把手
保持着被手攥过的形状
现在，就耷拉在你父亲的小肚子上
曾经是一个拒绝出生的儿子

现在就是你，正爬回那把手
你梦到了你梦中的一切细节
像你父亲留在地下的牙，闪着光
笑你，所以你并不是死亡
只是其中一例：你梦到了你梦的死亡

1991

没有

没有人向我告别
没有人彼此告别
没有人向死人告别，这早晨开始时

没有它自身的边际

除了语言，朝向土地被失去的边际
除了郁金香盛开的鲜肉，朝向深夜不闭的窗户
除了我的窗户，朝向我不再懂得的语言

没有语言

只有光反复折磨着，折磨着
那只反复拉动在黎明的锯
只有郁金香骚动着，直至不再骚动

没有郁金香

只有光，停滞在黎明
星光，播洒在疾驰列车沉睡的行李间内
最后的光，从婴儿脸上流下

没有光

我用斧劈开肉，听到牧人在黎明的尖叫
我打开窗户，听到光与冰的对喊
是喊声让雾的锁链崩裂

没有喊声

只有土地
只有土地和运谷子的人知道
只在午夜鸣叫的鸟是看到过黎明的鸟

没有黎明

1991

我始终欣喜有一道光在黑夜里

我始终欣喜有一道光在黑夜里
在风声与钟声中我等待那道光
在直到中午才醒来的那个早晨
最后的树叶做梦般地悬着
大量的树叶进入了冬天
落叶从四面把树围拢
树，从倾斜的城市边缘集中了四季的风——

谁让风一直被误解为迷失的中心
谁让我坚持倾听树重新挡住风的声音
为迫使风再度成为收获时节被迫张开的五指
风的阴影从死人手上长出了新叶
指甲被拔出来了，被手。被手中的工具
攥紧，一种酷似人而又被人所唾弃的
像人的阴影，被人走过
是它，驱散了死人脸上最后那道光

却把砍进树林的光，磨得越来越亮！

逆着春天的光我走进天亮之前的光里
我认出了那恨我并记住我的唯一的一棵树
在树下，在那棵苹果树下
我记忆中的桌子绿了
骨头被翅膀惊醒的五月的光华，向我展开了
我回头，背上长满青草
我醒着，而天空已经移动
写在脸上的死亡进入了字
被习惯于死亡的星辰所照耀
死亡，射进了光
使孤独的教堂成为测量星光的最后一根柱子
使漏掉的，被剩下。

1991

它们
——纪念西尔维亚·普拉斯

裸露，是它们的阴影
像鸟的呼吸

它们在这个世界之外
在海底，像牡蛎

吐露，然后自行闭合
留下孤独

可以孕育出珍珠的孤独
留在它们的阴影之内

在那里，回忆是冰山
是鲨鱼头做的纪念馆

是航行，让大海变为灰色
像伦敦，一把撑开的黑伞

在你的死亡里存留着
是雪花，盲文，一些数字

但不会是回忆
让孤独，转变为召唤

让最孤独的彻夜搬动桌椅
让他们用吸尘器

把你留在人间的气味
全部吸光，已满三十年了。

1993

依旧是

走在额头飘雪的夜里而依旧是
从一张白纸上走过而依旧是
走进那看不见的田野而依旧是

走在词间，麦田间，走在
减价的皮鞋间，走到词
望到家乡的时刻，而依旧是

站在麦田间整理西装，而依旧是
屈下黄金盾牌铸造的膝盖，而依旧是
这世上最响亮的，最响亮的
依旧是，依旧是大地

一道秋光从割草人腿间穿过时，它是
一片金黄的玉米地里有一阵狂笑声，是它

一阵鞭炮声透出鲜红的辣椒地，它依旧是

任何排列也不能再现它的金黄
它的秩序是秋日原野的一阵奋力生长
它有无处不在的说服力，它依旧是它

一阵九月的冷牛粪被铲向空中而依旧是
十月的石头走成了队伍而依旧是
十一月的雨经过一个没有了你的地点而依旧是

依旧是七十只梨子在树上笑歪了脸
你父亲依旧是你母亲
笑声中的一阵咳嗽声

牛头向着逝去的道路颠簸
而依旧是一家人坐在牛车上看雪
被一根巨大的牛舌舔到

温暖啊，依旧是温暖

是来自记忆的雪，增加了记忆的重量
是雪欠下的，这时雪来覆盖
是雪翻过了那一页

翻过了，而依旧是

冬日的麦地和墓地已经接在一起
四棵凄凉的树就种在这里
昔日的光涌进了诉说，在话语以外崩裂

崩裂了，而依旧是

你父亲用你母亲的死做他的天空
用他的死做你母亲的墓碑
你父亲的骨头从高高的山岗上走下

而依旧是

每一粒星星都在经历此生此世
埋在后园的每一块碎玻璃都在说话

为了一个不会再见的理由，说

依旧是，依旧是

1993

锁住的方向

是失业的锁匠们最先把你望到
当你飞翔的臀部穿过苹果树影
一个厨师阴沉的脸，转向田野

当舌头们跪着，渐渐跪成同一个方向
它们找不到能把你说出来的那张嘴
它们想说，但说不出口

说：还有两粒橄榄

在和你接吻时，能变得坚实
还有一根舌头，能够作打开葡萄酒瓶的螺旋锥
还有两朵明天的云，拥抱在河岸
有你和谁接过的吻，正在变为遍地生长的野草莓

舌头同意了算什么

是玉米中有谜语！历史朽烂了
而大理石咬你的脖子
两粒橄榄，谜语中的谜语
支配鸟头内的磁石，动摇古老的风景
让人的虚无在两根水泥柱子间徘徊去吧

死人才有灵魂

在一条撑满黑伞的街上
有一袋沉甸甸的橘子就要被举起来了
从一只毒死的牡蛎内就要敞开另一个天空
马头内，一只大理石浴盆破裂：

绿色的时间就要降临

一只冻在冰箱里的鸡渴望着
两粒赖在烤羊腿上的葡萄干渴望着
从一个无法预报的天气中
从诱惑男孩子尿尿的滴水声中

从脱了脂的牛奶中
从最后一次手术中
渴望，与金色的沙子一道再次闯入风暴

从熏肉的汗腺和暴力的腋窝中升起的风暴

当浮冰，用孕妇的姿态继续漂流
渴望，是他们唯一留下的词
当你飞翔的臀部打开了锁不住的方向
用赤裸的肉体阻挡长夜的流逝
他们留下的词，是穿透水泥的精子——

1994

锁不住的方向

是失业的锁匠们最后把你望到
当你飞翔的臀部穿过烤栗子人的昏迷
一个厨师捂住脸，跪向田野
当舌头们跪着，渐渐跪向不同的方向
它们找到了能把你说出来的嘴
却不再说。说，它们把它废除了

据说：还有两粒橄榄

在和你接吻时，可以变得坚实
据说有一根舌头，可以代替打开葡萄酒瓶的螺旋锥
谁说有两朵明天的云，曾拥抱在河岸
是谁和谁接过的吻，已变为遍地生长的野草莓

玉米同意了不算什么

是影子中有玉米。历史朽烂了
有大理石的影子咬你的脖子
两粒橄榄的影子，影子中的影子
拆开鸟头内的磁石，支配鸟嗉囊中的沙粒
让人的虚无停滞于两根水泥柱子间吧

死人也不再有灵魂

在一条曾经撑满黑伞的街上
有一袋沉甸甸的橘子到底被举起来了
灰色的天空，从一只毒死的牡蛎内翻开了一个大剧场
马头内的思想，像电灯丝一样清晰：

绿色的时间在演出中到临

一只冻在冰箱里的鸡醒来了
两粒赖在烤羊腿上的葡萄干醒来了
从一个已被预报的天气中
从抑制男孩子尿尿的滴水声中
从脱了脂的精液中

从一次无力完成的手术中
醒来，与金色的沙子一道再次闯入风暴

从淋浴喷头中喷出的风暴

当孕妇，用浮冰的姿态继续漂流
漂流，是他们最后留下的词
当你飞翔的臀部锁住那锁不住的方向
用赤裸的坦白供认长夜的流逝
他们留下的精子，是被水泥砌死的词

1994

归来

从甲板上认识大海
瞬间，就认出它巨大的徘徊

从海上认识犁，瞬间
就认出我们有过的勇气

在每一个瞬间，仅来自
每一个独个的恐惧

从额头顶着额头，站在门坎上
说再见，瞬间就是五年

从手攥着手攥得紧紧地，说松开
瞬间，鞋里的沙子已全部来自大海

刚刚，在烛光下学会阅读

瞬间，背囊里的重量就减轻了

刚刚，在咽下粗面包时体会
瞬间，瓶中的水已被放回大海

被来自故乡的牛瞪着，云
叫我流泪，瞬间我就流

但我朝任何方向走
瞬间，就变成漂流

刷洗被单托管麻痹的牛背
记忆，瞬间就找到源头

词，瞬间就走回词典
但在词语之内，航行

让从未开始航行的人
永生都不得归来。

1994

没有

没有表情，所以支配，从
再也没有来由的方向，没有的
秩序，就是吸走，逻辑
没有止境，没有的
就在增加，有船，但是空着
但是还在渡，就得有人伏于河底
挺住石头，供一条大河
遇到高处时向上，再流进
那留不住的，河，就会有金属的
平面，冰的透明，再不掺血
会老化，不会腐化，基石会
怀疑者的头不会，理由
会，疼不会，在它的沸点，爱会
挺住会，等待不会，挺住
就是在等待没有
拿走与它相等的那一份

之前，让挺住的人
免于只是人口，马力指的
就还是里程，沙子还会到达
它们所是的地点，没有周围
没有期限，没有锈，没有……

1998

在多多涅城堡

看守人，在吃包在手帕中的李子
残败的花园，在笑
诗歌的炉膛内，正值盛夏
炉，只知烧
快活的炉工，只知铲
一个女人在走过树荫后
已经老了

她曾经的美，仍震撼我的余生

1996

注：多多涅，法国南方一省

2000 年代

在突尼斯

沙漠既完全走了样，必是风
遇到了直角，既有诺言要相守
学到的必是比失去的少
能通过沙漏漏掉的就更少
但正是多出来的那种东西
进入了后来的那种天气
在越是均匀地分配风沙的地点
看上去，就越来越像一座城市

那非思而不可言说的，非造出
而不可笼罩的一种命运，就像
从老城的每一侧都能走进一家鞋店
在这里就是在那里，在哪里
都是在到处，在菲尼基人的原驻地
夹着整张牛皮人的张望
也被讨钱的掌遮没了

那就是从门缝下边倒出的污水
让嗅味儿变得尖锐时
发出的存在的信号：如果
有人来此只是为了带走阳光
能被带走的肯定是一种怀念

尤其是掮客对着锡灰色的天空
装好假眼的那一刻，总会有人
比赌马人还要紧张地瞄准：
从蒙面女人眼神中射出的恨
亦集中了她全身的美，好像
既弯曲了思，又屈从于思……

2000

感谢

在归还它的时候借它
感谢空地，实在就是大地了

向着下工时分的煤区扩散它的地理
感谢它的过去，已显得尤其宽广了

在祖先的骨骸拒绝变为石像的那条线上
感谢树木的伫立，就是亲人的伫立了

不会再有墓碑测量地下水位的起降了
感谢它们原是多好的朗诵者

向着有赐予继续发生的地点鞠躬
感谢土地深层的意思已传至膝头

去推动祝福所不知前往的

感谢隐藏的里程开始了

当空地也显示麦地
感谢那预定的欠意，尚未被取走

树木抒情性的力量便一再牵动我们的衣襟
感谢桥头星光灿烂，直指接受者藏身处——

2000

扫码听诗人读诗

不放哀愁的文字检查棉田

青铜，流放证人的舌头
青草，诉说词语的无能

听亲人带着抗体离去后
篱笆留下的撕裂声，不听

河流与河床永无止境的诉讼
怨妇，早把河堤跪得白白净净

看端碗的石像恒久伫立
用集体的徘徊驱赶蝗虫

河流，重又投入血液的解释
弱者，蔑视历程而唯有里程……

2000

从马放射着闪电的睫毛后面

东升的太阳，照亮马的门齿
我的泪，就含在马的眼眶之内

从马张大的鼻孔中，有我
向火红的庄稼地放枪的十五岁

靠在断颈的麦秸上，马
变矮了，马头刚刚举到举到悲哀的程度

一匹半埋在地下的马
便让旷野显得更为广大

我的头垂在死与鞠躬之间
听马的泪在树林深处大声嘀哒

马脑子已溢出蝴蝶

一片金色的麦田望着我

初次相识，马的额头
就和我的额头顶到一起

马蹄声从地心传来
马，继续为我寻找尘世……

2000

别问

别问到哪片叶子间挨着我
为某年某月某日的某个下午继续写信

别问从哪一侧走进帆上的字
信，暂时还是一张纸

别问十月离你离我离谁最近
这一年从熟透的柿子林鼓翼而来

别问十二月在哪个枝头找到谜语
照亮最后一片叶子的光线早已出发了

别问两次就超越一次吗
一问此刻便既是正午又是黎明同时也是黄昏

别问始祖鸟的化石何时开口

信凤凰所信的

第一声传至久远——

2002

前头

永别在那里，它已不在了
他们把它修到哪里，它就在哪里了

（因为终点没有了）

哪里会有一片疏忽的空地
不会在前头了

（没有，一定就是自身的秩序了）

再无可迷失的地方了
（没有地狱，没有原野，也没有僧侣）

过去的，就是所有的了
正在过去的，已经不是了
部分地是，所以不是了

是无边的，也不会再是宽广的了

（逻辑没有止境）

麦子不再是麦子了

（当没有也是其中一季）
我们的医生再也不是农民了
（那就连借口都没有了）
可怀抱的全都陈旧了
（词语之外，没有理想）
还在让谁疼的，就是价值了
（但对于任何学院来讲
没有——也必须是一座新坟）

那就唱：不会再有合唱了
（没有合唱了）

什么节奏也凑不出它来了
既无力把琴擎起，也不再是屈从了

（那就连障碍也没有了）
它还有命运，桥已没有了
石人挥手时，送别已经不动了
（那就连比较也停止了）
类人，可以定期发出了人声了：

没有——比圣歌传得远

2001

诺言

我爱，我爱我的影子
是一只鹦鹉，我爱吃
它爱吃的，我爱给你我没有的
我爱问：你还爱我吗
我爱你的耳廓，它爱听：我爱冒险

我爱动情的房屋邀我们躺下作它的顶
我爱侧卧，为一条直线留下投影
为一个丰满的身体留下一串小村庄
我要让离你的唇最近的那颗痣
知道，这就是我的诺言

我爱我梦中的智力是个满怀野心的新郎
我爱吃生肉，直视地狱
但我还是爱在你怀里偷偷拉动小提琴
我爱早早熄灭灯，等待

你的身体再次照亮这房间

我爱我睡去时，枕上全是李子
醒来时，李子回到枝头
我爱整夜波涛吸引前甲板
我爱喊：你会归来
我爱如此折磨港口，折磨词语

我爱在桌前控制自己
我爱把手插入大海
我爱我的五指同时张开
紧紧抓住麦田的边缘
我爱我的五指仍是你的五个男友

我爱回忆是一种生活，少
但比一个女人向我走来时
漏掉的还要多，就像三十年前
夕光中，街道上，背着琴匣的姑娘
仍在无端地向我微笑

我就更爱我们仍是一对鱼雷
等待谁把我们再次发射出去
我爱在大海深处与你汇合，你
是我的，只是我的，我
还是爱这么说，这么唱我的诺言——

2001

扫码听诗人读诗

我梦着

梦到我父亲，一片左手写字的云
有药店玻璃的厚度
他穿着一件蓝色的雨衣
从一张老唱片的钢针转过的那条街上
经过洗染店，棺材行
距离我走向成长的那条街不远
他蓝色的骨骼还在召唤一辆有轨电车

我梦到每一个街口，都有一个父亲
投入父亲堆中扭打的背影
每一条街都在抵抗，每一个拐角
都在作证：就在街心
某一个父亲的舌头被拽出来
像拽出一条自行车胎那样……

我父亲死后的全部时间正全速经过那里

我希望有谁终止这个梦
希望有谁唤醒我
但是没有，我继续梦着
就像在一场死人做过的梦里
梦着他们的人生

一锹一锹的土铲进男子汉敞开的胸膛
从他们身上，土地通过梦拥有新的疆界
一片不再吃人的蝇
从那边升起好一会儿了
一望到鱼铺子里闲荡的大钩
他们就会一齐嚎啕大哭……

我接受了这个梦
我梦到了我应当梦到的
我梦到了梦的命令

就像被梦劫持——

2001

在一场只留给我们的雾里

1

我们，已经无法想像你年轻时的样子
也许是由于遥远，已把你变为一种文体

这一点很像你的死
留在高纬度，你的记忆留在布列塔尼
你的过往，正在变成一座建筑
我们，就靠在它的任何一点上说：
你的轮子，仅用于摇摆

就像问，很少从你的词间经过
而总是有理的，只要进入了言说
也就进入了音调，它封闭一切方向
除了劫掠节奏，什么也不给予

只是经过，并直接进入了英语
让不会累的事物接替你的模仿者
为了真实，或追赶真实

当写下的，也会溜走
而那是你所不愿看到的
你反感被发现
以此留下隐喻中最为次要的：
你的经历，也磨损着我们

2

文学，已在卓越的论述中走远了
就像参加一场没有死人的葬礼
或穿行一段没有人生的句法
毕竟快，让可做的不多了
而停，也就是羞辱它
石人队列的最后一个
便总是新的，我们必须斜眼
才能看到尽头的先知

如果它曾是暂时的你

那么现在不了，因为词语
在被贬低之前，已经变成了别的
而词义，总是确切的
至少，在两个音调以上
我们和你相同的，正是陌生的
这是我们仅存的条件
当所有孤儿的脸都那么相似
在一场只留给我们的雾里停止张望……

2001

从锁孔窥看一匹女王节的马

在林木的间距间拉长，或缩短
马尾在追赶，马头胁迫里程

前者以寓言为饲料，后者
将以等待所支付的自由被拴住

奔驰，便同时向前同时向后
带着树的影子，马的影子

去补足青铜的影子和权力的影子
从一片锈的浓雾的观点看，就是这样：

只有奔驰，还算不上运动
从树木较高的一侧来判断：

是奔驰造马，也骗马

于是嘶鸣大声说话，于是灰暗胜于统治

如果两者都联接了消逝
那么，消逝便是不可能被教授的

以土地被犁成可理解的样子起誓：
这些都是一个 11 岁男孩的眼睛向我泄露的……

2001

不对语言悲悼，炮声是理解的开始

就这么命令雷声——不要声音
不解释狼，不——又一阵齐射

任历史说谎，任聋子垄断听
词语，什么也不负载

雷声不是雷声，无声是雷声
不懂——从中爬出最倔强的文化

不懂，所以大海广阔无比
不懂，所以四海一家

2003

快，更快，叫

钟停在发誓的一秒
叫边缘不断升起，升高

叫过去的每一天都回来，都
换了锁——年，去年，每年

每个声部都在叫
叫必是凤凰的那只鸟

太晚了叫太早了
用我们的语言叫

大量的未来——叫声中的又一季
在另一种装备上叫

叫高唱我们家乡的人哭

由死者哭，但要由你——唱！

2003

在几经修改过后的跳海声中
——纪念普拉斯

带着过水的孩子，雷声和
词语间中断的黎明
一个影子，把日报裁成七份
两排牙齿，闪耀路灯的光芒
射击月光，射击全新的尘土

在海浪最新的口音里，赶着
冻僵的牧人和沉睡的节奏
血挤进垒，带着原始章节的残响：
在祈祷与摧毁之间
词，选择摧毁

海面上汹涌一浪高过一浪的墙
街上，站满实心的人
朝郁金香砍断的颈看齐

痛苦，比语言清晰
诀别声，比告别声传得远

群山每扇确鉴的入口虚掩着
花农女儿阔大的背影关闭了
大海，已由无尽的卵石组成
一种没有世界的人类在那里汇合
无帆，无影，毫无波澜

直到词内部的声音传来
痛苦，永不流逝的痛苦
找到生命猛烈的出口
绝响，将跟随回声很久
最纯粹的死，已不再返回

2003

维米尔的光

按禅境的比例，一架小秤
称着光线中的尘埃
以及尘埃中意义过重的重量

粒粒细小的珍珠，经
金色瞳仁姑娘的触摸
带来更为细小的光亮

以此提炼数，教数
学会歌——至多晚，至多久
抵达维米尔的光

从未言说，因此是至美

2004

轮上鞭子挥舞

啊，十四行内新爆的磁场
高音区的日子，前进的语法
竖起来的麦子，一亩一亩的云朵
一起向西死着，邀生命的代表
一批一批，持续投入

啊，马的抒情日志——独白
用纤夫式的僵直积累前进的后座力
一层一层的父亲们，邀歌手、匕首
从具有麦田气质的碑文上
斩高过斧头的美

啊雨，一片十字型的沙漠垂直
啊泪水、重水，公开显示圣母的等级
啊石头一次性的痛苦，留下
军事的坑，赞颂的坑，留下为什么

——那声开放草原嚎叫中原始性的质问

啊，轮上鞭子挥舞

2004

今夜我们播种

郁金香、末世和接应
而一床一床的麦子只滋养两个人

今夜一架冰造的钢琴与金鱼普世的沉思同步
而迟钝的海只知独自高涨
今夜风声不止于气流，今夜平静
骗不了这里，今夜教堂的门关上

今夜我们周围所有的碗全都停止行乞了
所有监视我们的目光全都彼此相遇了

我们的秘密应当在云朵后面公开歌唱
今夜，基督从你身上抱我

今夜是我们的离婚夜

2004

在我们的爱最浓时合成的夜晚

我的箱子，很轻
帆，已徐徐割过草坪
船上，载着我们的楼
希望，紧挨着我们的邻居
更远处，离别
由更多新婚的房子组成
我的箱子，就更轻

为前行……

2004

两片栗林夹着一块耕地

四角大风掩盖亲昵话语
遗照留下院内春秋
我的父母，已是两排无怨的树
与纵深的旷野
密实地衔接到一起

捡净石阶上所有的故事
我愿再回最后一回头
看一块印满金鱼的台布
抖动梨林后面云形的生命

远处，舒展筋骨的人
已拿走我的思绪……

2005

白沙门

台球桌对着残破的雕像，无人
巨型渔网架在断墙上，无人
自行车锁在石柱上，无人
柱上的天使已被射倒三个，无人
柏油大海很快涌到这里，无人
沙滩上还有一匹马，但是无人
你站到那里就被多了出来，无人
无人，无人把看守当家园——

2005

扫码听诗人读诗

红指甲搜索过后

你的一夜只是半日
一半极黑，一半黑透

朝黑里翻身，更黑说服全黑
在烛心最黑的时辰

只剩有丝绸，教
我们睡，教我们黑

在黑里照料黑
人生再次涌起

带着早已出发的黑
追新一轮的黑

白孔雀的叫声穿过门廊

——起始就指使黑

黑，日子吼出灰烬的始祖
黑，宽容所有的心

黑，无人走出这一故事
而黑，冲出这整理——

2005

在屋内

在屋内也在气候里
你走不出这夜

一滴水一个时辰
你走不出这在：

我在，我不在
屋内只有一个时辰：

尽头的你是你，你
走不出去，也走不回来

徘徊收取自身的核：
无我，本无我

白烛流出泪的初始

过程，主沉浮

你走不出这空屋
已视高山为行云

2006

你在哪里

回声中一个一个的小站
现在，只是一小块寂静
还在吸收另一种地理

一如没有向导，黑就完全
没有另外的地平线
虚无，也流逝
在留下你的死的板结之地
没有另外的死
在你的女人所受到的震动之上
保持你飞行的姿态
——一种更充分的死

当来自山口的风还在威胁这已死
当死，惧怕假死
悬崖的笑声留在镜子深处的黑暗里

继续追问粉红色的卧室
从下一个男人的声音里
追问你的女人
问她：你在哪里
你的迷失处正是他的进入处

从你已无怨的那一边
在只比人高一点的地方
死亡，继续投入
所有的世代都在投入
以回答深夜旷野的焦虑：

你在哪里

2006

思这词

这思，这充不满
这意义，这中魔的矿藏
这来自煤层的势力
深入地层中的血层
从人已被孤立出去的汇合处
只握左手，只剩下坑
思这死，不知如何死

沙内，埋着直立的脊椎
工地墓地，都在它们肩上
工棚下，死亡过于暴露
埋葬者释放了力量
坑的从前，投入时间的信义
中心，是死前

事件，在缄默中汹涌

在建成之地，在新建的旷野
上面载着历史，上面没有人
在它的安全里
没有我们的动机
注视它，在注视中
我们部分地得以返还

这，就是郊外荒草的集体誓言

2007

痴呆山上

对着雨，雨滴
和滴雨的磐石般的天空

一个男人牵着一头奶羊
蹲在石上，一种孤独

里面，有大自然安慰人时
那种独特的凄凉

当矿区隐在一阵很轻的雷声中
一道清晨的大裂缝

也测到了人
沉默影子中纯粹的重量

那埋着古船古镜的古镇

也埋着你的家乡

多好，古墓就这么对着坡上的风光
多好，恶和它的饥饿还很年轻……

2007

年龄中的又一程

交换我们的记忆
靠我们的问题呼吸
膝盖轰鸣着
传递线的痉挛
传至你，又从他者传回

交换我们的沉默
草接着草，深处没有核儿
本来是空白，在树浆内
由被检阅过的寒冷
建立它的冬天
无言，无声和无关

鼓点是不变的
独白也是旁白
在变为石头的接力中

种子些微的重量
担着全职的黑暗
自痛苦的全集
收藏你，收割我们
重新隔着你，隔离我们

大量的未来
再次奔向文盲的恐惧——

2007

青草——源头

听我们声音中铜的痛苦
留下山谷一样的形式

什么在生活里
掩埋开阔听力的金耳朵

什么走出来
告诉残酷世界垂泪的悬崖

什么是人，为什么是人
介入了流浪的山河……

2007

从两座监狱来

堆积我们的逗留，在斗以外
土地，我们行为的量具
偶尔认得自由：

石头被推上山顶
不幸，便处于最低水平

在这低下之内
通过我们被颠倒的劳作
向更低处漂流人

带着失速的田野，过度地活着
并畏惧于所活过来的
距离，只是丈量的结果

在这报告之外
不多的生活，是生活

2007

通往博尔赫斯书店

活生生的街道，你的地址
是波涛流经的城市
只拒绝已逝的事物
当这些餐馆，茶楼，挑选
另外的人群，另外的死，另外的……

神话，从不更新
时间，便从一只似曾相识的大盆里
溢出，教路人
不看脏水，注意悲哀：
所有的进入，都是误入
误入以外，没有进入

路嗅出这些，于是渐宽……

2008

死胡杨林，哀悼的示范林

深沉大地的嗓音说完它的回声
一个安静的代表，随水所流的
所知的，考察了太多的心
且只把流动当证词
光，便像碎了一样朝我们涌来

在哀悼者的老地方
更强的，是已逝的
深处，也正是痛处
所有的力，承受着自己
在这仍是语言所在之地
要我们把掩面当歌唱

唱着，我们就流回来，流进
这起始的洪荒和重新开始的洪荒
只在这一点歌唱

没有持久的地狱
只歌唱这一点
墓地开始像阶梯
从这缺失的当下
从我们最根本的痛处
让人走出来，重新走出来——

2009

画室中的阳光

照亮已逝的事物
在远古上了锁的昏暗里
看不到指导细节的手
众神，即缺少

光，已在节俭它的闪耀
而毫不怀疑歪斜色彩中
那些高照的点，它们还在邀请
称上的小罐，不多的蜜
还有虫鸣，一齐进入
扩大晚祷的瞳仁

里面，比战场的空间要大
里面，虚无击溃实物

在这损失已达极限的光照里

看擦泪的手多美
打碎碟子的手多美

还有悲哀，也就还有风景……

2006

读书的女雕像

也读出我的思想吧
是在——使我们相隔
当思者总想行动
而无法捕捉飞鸟的投影

紫丁香眨了一下眼睛
你的脚已悄悄伸出石头
那时我听到了音乐
十根蹭进沙子的脚趾
正如琴键般起落

在，已把接纳与逗留
留在你现在的位置上
不在——永在
与思完全平行

于是我向前

我身后，一个送花少年的眼睛

已经可怕地张开了……

2008

追忆黑白森林

黑树白树，一夜只有白烛——
整日都是夜，白烛与树齐高
黑字流血，翻转过来生者的草
红花白花，铺出可被追问的家
字透出字，白寺白瓦白塔白马
歌专杀夜莺，剑专斩白花

从这些名字的尽头，残墙血墙
朝我们看，血迹字迹，朝我们来
血不是水，水不是水
相会多出来的人，再见的人……

2010

2010年代

存于词里

为绝尘，因埋骨处
无人，词拒绝无词
弃词，量出回声：

这身世的压力场

从流动的永逝
成长为无时
无时和永续
没有共同的词

我们没有，他们没有
没有另外的寓言……

2010

在它以内

埋你的词，把你的死
也增加进来
微小到不再是种子

活在碗里
不平，而没有波澜

人的无疆期待
便如排列起来的墓碑
可以穿行整整一个国家……

2010

在无词地带喝血

说历史所不说的
这听不到，没有前额

这多声部式的沉寂
合唱队式的无词
唱的是生

无词，无语，无垠

说的是词，词
之残骸，说的是一切

2010

从一本书里走出来

矿工的眼亮如灯盏
没有另外的深处
深渊里的词向外照亮：
哀悼处，并无深处
樱桃地里的灯全亮了
那里的人，已被一一码齐

在他们一直所在之地
从它的嘴里爬出来
死者开始呼吸：
深处，是我们的……

枕着他们，你就能重写

2010

深处没有回答

深处埋着山谷
当手推车推走的血块
所载的铸词之境
是他们的，是他们

此刻此在所守之家

时，已不在，但在允许中
等这些词被挖出来
被保留，且总被开始
这缺憾的终身制

这所有生者背后的碑林

2010

他们在地下也手拉手

在埋葬的最深处
带着月份和它的残余
不出声，也快露出他们的天空了

当他们不死，带着他们的死
从被搁浅的人走出来
他们，从未变为骨骸
从未忠实于死亡

无限的死亡已不再是死亡

2011

北方的墓地

在我们来去的路上
带着祖先的尘埃，听
家乡在一个遥远的地方擂鼓
畏惧，起始便侵占了年华

我们已不知雷为何而响

沉思，撑着石人的头
船夫，守住脚背上的血管
完整的，全被河流带走了
到某处去决堤，到壩的干预处

北方的墓地，便如潮水般涌来

在这洪水复诵之际
眺望我们如帆的文字

默念心头不再拂动的
也正是与其合拍的时候

遗忘，已是同一条河流
在这向道的黄昏
随水流所补齐的，带走的
沿典范的轴搜索源头的鼓手
也就仍被流进石头里的力量牵动

找卸下的轮子间隐藏的里程

2010

沉默的山谷里埋着行动者

两次希望之间的高原
再次被修复为无言
有人还在流泪，但不是哭
死人的重量减轻了
以确认这无言

沉默的岁月里没有羔羊
鸽子就此飞出血巢
悼文中的世界
从人的痕迹中隐去
接生者的徘徊仍在投影
让脐带内的谈话继续

命运，就在这说出里——

2011

读伟大诗篇

这童话与神话间的对峙
悲凉，总比照耀先到
顶点总会完美塌陷
墓石望得最远

所有的低处，都曾是顶点

从能够听懂的深渊
传回来的，只是他者的沉默
高处仍低处
爱，在最低处

让沉思与沉默间的对话继续

2011

父亲

站在越来越亮的光里挥手
希望我，别再梦到他

我却总是望到那个大坡
像被马拖走的一个下颚那么平静
用小声的说话声
赶开死人脸上的苍蝇
我从未如此害怕
我知道，太阳一经升起
这些脸就会变黑
我不敢害怕

从一根绳子的长度
无限的星光驰远了
父亲，你已脱离了近处
我仍戴着马的面具

在河边饮血……

父亲，噩梦是梦
父亲，噩梦不是梦

2011

博尔赫斯

每个先知的墓前围着一堆聋子
人群绕不过他
一如自身的合拢
喧嚣之后还是喧嚣
众人，即无梦
而他，是我们的症候
对着拥挤的空白，谜
和它强烈的四壁
他的死，早已通过更细的缝隙：
海，不是大量的水
是人群吞吃人
他无眼，而他是我们的视力

2011

我在沉默者面前喝水

我喝最轻的，一句话
一段生命，不属于

不呼喊，也不低语
我在最低处

挪动词，我因挪动
而拥有广大身世

大大小小的盆盛着雨声
把我的沉默也喝下去

我跪在无心的地点
无人处，已无羞愧

无人已是守护

2011

词语风景，不为观看

一片叶子压于胸下，勉强成为世界
为了一口纯洁的空气
而过于纯洁，仿佛就是人间的罪

全景不作什么，清晰处并无晨曦
大地不说自身的事，乱星才说
一切皆成琐事，而自由无琐事
它抽走语言中最富有的部分
供孩子们捕捉天黑以后的事物

寂寞是粮食，你不可能不在场
当昂贵的纸不留痕迹
上面没有字，没有你
最真实的，才值得被埋葬

死后，大概也是如此
毁灭不知疲倦，他们
已经在用铜铸你
宽慰警醒着，在世代中
隔壁的婴儿马上又要哭了……

2012

到来

向着黑下去的屋脊
看那像灯又像眼的是什么
檐下，一缸水已被注满
天气，已翻过围墙
空气，没有受到震动
仿佛纯粹来自时日
对时日的挤压
这是没有预感的时刻

在足够的静默里
与必黑的事物一起
门后，没有任何故事
我没有偷窥
花，急速开放

万物没有回避

2012

星如人眼，人如灯盏

门内是千年睡者
心中容不下百年
打铁人扭身时
已望到了今天——

大惑仍在炉内
不为图腾铸象
冥想者的头垂到炉边
不为故园掩面
箴言只与火相融
而荒芜可以穿过针眼

背对记忆之门，无期而有数
还有大哀，已无大翅
无言，只为区别沉默

而无词便无波澜

往哪里走，都是杜鹃……

2012

从歌内取火

终极与途中
投下曾联合过我们的身影
如埋着一把壶的山谷那样静

沉默，已淹没了对话者
怀念，已毁于封存
遥远的，已不再等同于里程
那无限远去的轰鸣
已接近于路的低吟：

无法拯救坟墓里所没有的

没有久远，就没有呼应
坑以外，没有良心

陵墓里，埋着獠牙
锈，从石人残缺的鼻孔滴下
在可以无限死亡的边缘

对着悲哀大地最深沉的父母
为窒息的天空持烛
死亡通过万烛大声说话
血，流不出更高的形式
而今天将在明天之后结束
墓地变为波涛涌来

直到无悔大地的遗容被慢慢展平

2012

书写前没有对话

清晨，不回答思辩的田地
梦的收益并非运动的收益
别把大海藏进故事
话语越多，戏剧越少
自由，是一潭响亮的水
如此清晰，以致多言：
你必须拥有，也必须说无

隐喻的水位由此高涨

从自白这一广阔的文体
所有的过剩都源于缺失
人性中，没有里程
健康里，没有人生
漫长是不够的幻觉
你缺席，它才有形象

而虚无不惧万物

去流动这从未休眠的一切……

2013

对像间无语

相遇前，没有表达
撕开处，仍未显露
太晚了，而依然太早
那片林已如大雾

词，在很远的地方
对应，但不相遇
达义，已让其变形
闪电抓住图像
暗澹的，强烈起来
崩解了，而仍未释放

为保持沉默的锋芒

2013

你在出口说：入口

一片叶子大于心
但核儿不在那里

每一个词不是它自己
它们不会变为旗帜

仍在辗磨地
守着沙与翅

仍在辗磨中
用离别造泥土

你加入进去
至爱者，面对面

你的血，不再轮回

草，开始像麦子

你，越来越是你……

2012

听父亲林后面母亲林的合唱

沙下，岁月隆起
抹去这写下的，过往
在草间展开，抹去这重写的
河流就这样书写，这样流去
抹去重写不止的

从这些词折射的里程
心，是被保留的土地
死者——安慰者
曾在此低吟：
要掘出来的是鹤，要挽留它

要继续召唤担水过河的人……

2012

等激荡的尘埃落下

死亡的玫瑰谷仍有烈马的蹄痕
我说的不是马，是马尿
顺着马腿淌下时传来的炮声
让梦留下的天空，深得像坑

雕塑已如风云移过

代替蜡烛和狱中的灵魂
是权力造痛苦，痛苦造人
从此，琴声可以自立边界
俄罗斯海岸绕过你的侧影向前突出
我说的不是家园

它，仅追赶永别

2012

长久地对着大海，就是对着遗忘

石人强健的颈子混在栓船的铁桩间
背着手的溜冰者在钟面上追赶时针
才五点钟，水手已站到自己的尿里
东方已被阅尽，巨人的肖像
便越来越酷似其子孙

说陆地尽头必是大海的人错了
只认识地图的人无法到达那里

海，只是航海者的日志

2012

一张书桌没有边缘

地平线从不完全
追踪是徒劳的
梦，就是梦者的不知

从这块读不懂的田野
无所谓死，生并未显示
而急于被梦见
这就是路
要毁了它，就理解它
这就是节奏
让释梦者入梦
梦，就是大地
保留你性格中的纹理
要持久，就需要荒芜

光，是可以迟到的

诗行，并未后退

2013

星光如此清澈

清澈到足以动摇头内的风景
这有益的静，友谊的静
传至神秘音响的每个角落
因广大而持有，因持有而不显
以迎接这光束与光束间的谦让

心因记忆着星空，开始了冬天的演奏
在很小的机会里，拨动它
——这艰难的共鸣

想说的是哭泣
说不出的是语言

主啊，我们是为此而活的

2013

祝你快乐

我，在你的遗忘里
但我的花即是你的花
我不寻找，我
掰开了你的梦
我住了进去

再见——并不确定
花，只在演奏者指尖开放

祝你想念我

2014

吃杏仁的秘密

活这意义，一种死
领先暂时的生

你是它的礼物
只向着它

要死夺死的应允
向着希望的几重父母

一种未结束的死
要爱草的孩子只归于草

你是他们的每一个，走向下一个
没有更远的

没有意义就没有灰烬

死，只在陌生处说话

回声要求它一次就属于永久

2013

如果缺钱是罪

看他人受罪也是罪
你照镜子，只照出他们的脸
苦吃你，也吃他们
一望到碗，就望到他们的永生……

2012

从来自云层的监听

从这无处不在
默念人

保留绿色沙漠中的
那只假眼

无限的剩余
少于它所监视的

从这无处——这在
在人的物理的水平上

保留人之料
紧闭的嘴里有另一个世界

地平线仍在高处

2013

看原野所看的

在像陵墓又像炮台
那样的巨坡上
太阳血林移过
顶点不留残余
遗忘又在登基

我们就是从那里被抛出的
在一直就是沉寂的缄默里
质料与重负一起
不会与矿脉一致
一条路通向拜访
没有透露语言的行踪

我们开始听清自己的声音:
重建它的表面……

2014

爆炸，开花

开会疼的花
浩劫，是你的音质
让匕首开花

从这开放，这溢出
未知的光找到更细的鞘
从这已被麻痹的诅咒

剑，被掰开了
已在风景里，在它的风景里
从这已经过去的尚未

荒凉课本，灯一样的婴儿
遥远的家

已是石头，已是

会疼的词已不会被追上

2012

从能够听懂的深渊

雷暴与闪电没有说清一个字
争执各自的北风吧
在重铸闪电的努力中
天空允许无言，也允许歌
从峭壁往回唱

在历史最寡言的那一段
世界吼叫着穿过假嘴

世界是一场持久的闪电

2014

只有几本书

还有回声，只在音阶上
回荡无尽与无时
烛的半音降至必需的
无言与缺口
开始对称

我们没有听懂
音乐是什么

穿过词群的异响
几本书升起
在单词连祷的对流中
让是成为是

我们仍在喧嚣与轰鸣中
捕捉你的沉默……

2014

看瓶子里的烟，瓶子里的帆

念头犹如滑过的船
被阅读过的珍珠，开始滚动
岩石内部的哭声开始像海

在观念的瓶子里
严峻的脸一张一张移过
许多桨划着人

毕加索的每根手指穿着囚服
画出一只巨手织过的空
绑在桅杆上的头最先把它望到

前方消失了
瓶内异常安静，沙内也是

钥匙继续为潮汐好奇

鸟儿叫着大地，只认识波澜……

2014

随琴声释放的波浪

为潮汐报时
时节与时序已不在一起
春分秋分依偎着
大提琴长出双桨

帆张开翅，挺出舰队
鱼雷也在渴望打开自身的铆钉
一阵抚摸似的宁静跟上
爆炸，已不再惊动什么
飞鸟开始追逐子弹
词，是那样到来的

从可爱大地的倒影……

2015

亲爱的光舞蹈着走过去

舞台已长满青草
我只有一双婴儿的手
还在深处挖

那个你，我的你
两个是一个

山谷静悄悄
一对美洲虎
长着我俩的脸

一家人走过
我不能跟随他们

云的小姐妹走在田埂上

一个女人已在月光下
大笑的珍珠，狂暴的珍珠
在她的颈上重新列队

每一粒珍珠都在喊：
孤独是一朵最大的玫瑰……

2015

从这目光与目光的轮唱

我只看到你的水晶身体
里面，有一对金鱼

我们的无限往日
被冰山——亿万年前的新娘

看守着，照料着
已经与快乐的无梦在一起

从这目光与星光的轮唱

水晶哗哗作响
我们生命草坪的又一季

已经与不动的舞者在一起
透出合唱的余辉

一个剧场已被锯开
就把它当心吧

我仍在安抚金鱼
一把摔碎的琴仍在鸣响：

我是你的母亲……

2015

入屋

但屋在何处
如无终极，就不必寻找

光，大声应着
门后无世界

门内无人
尽头无物

无物才有底
门，是必开的

再次入屋，不为居住

2014

在我们称之为途中的一点

梦与叹息已融为一体
喧嚣与沉寂都无法归于传奇
有伟大之词语就必有伟大之歇息
矿石中昏迷的远古仍在低吟

守住这必有的，必无的
沉睡与警醒一直在一起
从未结束，因从未开始
你，扭过脸来

你扭动了几千年

2014

铸词之力

在力之外，在足够处
是理由的荒芜

光，是和羽毛一起消逝的
沉寂是无法防御的

插翅的烛只知向前
至爱，是暗澹的

需要梦与岸上的船合力
只在那里，考验尽头的听力

2014

两者

爱以内没有学校
既无法萎缩为理解
也不会积攒意义
爱，体会不到减少
更不知何为多余

而虚无有如此重负
如此沉重，又毫无重量
已是尽头，却不止于死
它不容虚构
只叙述这无事

两者，都无愧于万物

2014

纪念这些草

秘密书写我们声音中的草
草接着草，草被无声读出
草下，一个跪着的队列
从未被石化

悲哀深处的草，因
保留这些名字深处
消逝的人，而闪耀
光辉林内的结词之灯

深处不再关闭
只接受草的覆盖

每一个词从那里来

2010

从一场盛大的感谢

夕阳占据了大道
沉寂，已变为可以望到一切的凉台
在云渐渐打开构筑奇景的平面上
前辈还在发光，只是不再照耀
少年，已变为雕像眼中的晚霞

在万物留下阴影的那条线上
陨落与升起同样宏大
感谢物的酬劳
从被解散的礼物中
吐出最后一块金子

现实的太阳回到吃肉的海里

隐喻眷恋夕阳

2012

灯紧挨着烛

灯内全是念头
在睡眠之外
醒着之外
在这在与不在之间

头内的灯亮了
擦去暗示吧
你扶着灯影站起
扑向更具人形的地方

完全与写作平行

2015

从前来的光，唱：离去

闪电的头
那是你的歌
回到动荡的蓝天
你是它的另一种欣喜

活在止处
止于最充分处

明天已经过去
已经给予
过去仍是未知的
已经说出

止境属于你
无人能有那名

2016

图书在版编目（CIP）数据

妄想是真实的主人 / 多多著. —南京：译林出版社，2018.1

ISBN 978-7-5447-7057-6

I.①妄… II.①多… III.①诗集 - 中国 - 当代 IV.①I227

中国版本图书馆 CIP 数据核字（2017）第 205955 号

妄想是真实的主人　多　多 / 著

责任编辑　王振华
特约编辑　肖　瑶
装帧设计　Metis 灵动视线　李　莹
校　　对　张兰坡
责任印制　贺　伟

出版发行　译林出版社
地　　址　南京市湖南路 1 号 A 楼
邮　　箱　yilin@yilin.com
网　　址　www.yilin.com
市场热线　010-85376701
排　　版　Metis 灵动视线
印　　刷　北京旭丰源印刷技术有限公司
开　　本　889 毫米 ×1194 毫米　1/48
印　　张　4.5
版　　次　2018 年 1 月第 1 版　2018 年 1 月第 1 次印刷
书　　号　ISBN 978-7-5447-7057-6
定　　价　35.00 元

版权所有 · 侵权必究
译林版图书若有印装错误可向出版社调换，质量热线：010-85376178